Wenn die Wichteltür vor Weihnachten erscheint

Märchenhafte Geschichten über magische Wichtel

(Kinderbuch über das Geheimnis der Wichtel und der Wichteltüren)

AUTORIN
KATHARINA M. KLEINERT

GUTFREUND
VERLAG

Impressum

Deutschsprachige Erstausgabe Oktober 2021

Jens Steingröver / Dannhalmsburg 27 / 26411 Jever

Lektorat: Heidi Hofmann
Illustrationen im Buch: Badrus Soleh
Illustration fürs Cover: Badrus Soleh
Herstellung und Verlag: 1. Auflage Gutfreund Verlag
Webseite: www.gutfreund-verlag.de
Taschenbuch ISBN: 978-3-9823594-2-7
Hardcover ISBN: 978-3-9823594-3-4

Inhaltsverzeichnis

Einleitung

Über Wichtel, Weihnachten und die Magie winziger Türen

Man sagt, sie stammen aus dem hohen Norden – dort, wo die Nächte im Winter besonders lang und kalt sind. Vor allem in Dänemark sind die Wichtel heimisch, aber auch in anderen Ländern Skandinaviens kennt man die kleinen, freundlichen Männlein mit dem langen, weißen Bart und der Zipfelmütze. Die Mütze haben sie meist so tief in die Stirn gezogen, dass man ihre Augen nur erahnen kann. Aber trotzdem haben die Wichtel immer alles im Blick – kein Wunder, denn man sagt, sie haben magische Fähigkeiten.

Die Nisser, so heißen die Wichtel übrigens in Dänemark, möchten vor allem eines: Die Menschen auf die Weihnachtszeit einstimmen. So ist es in alten Sagen und Erzählungen seit Jahrhunderten überliefert. Und damit auch wirklich jede Familie den Zauber dieses besonderen Festes erleben kann, werden die Nisser pünktlich zum 1. Dezember in den Häusern und Wohnungen der Menschen heimisch.

Aber woran merkt man das? Ganz einfach, an der Wichteltür oder – auf Dänisch – an der Nissedør. Eines Morgens ist dieses kleine Türchen einfach da, meist in einer Zimmerecke etwas oberhalb der Fußleiste. Und damit der Wichtel die Tür auch gut erreichen kann, lehnt meist eine kleine Leiter daran. So ein Nisser benötigt in seinem neuen Heim natürlich allerhand Sachen. Da verwundert es nicht, dass sich vor dem Eingang mitunter ein Schlitten, eine Bank, ein Briefkasten oder gar ein winziger Weihnachtsbaum wiederfinden – schließlich möchte auch der Wichtel selbst es schön gemütlich haben.

Öffnen dürfen die Menschen diese Wichteltür allerdings auf gar keinen Fall. Allein der Versuch könnte diesen wunderbaren Wichtelzauber zunichtemachen und die liebenswerten kleinen Wesen vertreiben. Und das möchte schließlich niemand gerne, oder?

Wichtel haben nur Gutes im Sinn. Sie backen Kekse, schmücken Haus oder Wohnung der Menschen und überraschen die Kinder mit kleinen Naschereien. Außerdem wird ihnen nachgesagt, dass sie fleißige Gehilfen des Weihnachtsmannes sind. Wer die Wichtel bei ihrer Arbeit sehen möchte, der mag vielleicht enttäuscht sein. Denn die kleinen freundlichen Helfer gehen nur nachts ans Werk, wenn alle schlafen, oder dann, wenn tagsüber niemand zu Hause ist. Aber es gibt sie und es ist ihr Wunsch, dass man ganz fest an sie glaubt. Geschieht dies nicht, treiben die kleinen Männlein gerne so manchen Schabernack: Da hat die Mutter morgens Haselnüsse in ihren Pantoffeln, der Vater findet seine Krawatte im Kühlschrank statt im Schlafzimmer wieder und anstelle der duftenden Mandarinen liegen gelbe Tennisbälle in der Obstschale.

Wer also Anfang Dezember unvermutet eine Wichteltür zu Hause entdeckt, der darf sich freuen und gespannt sein. Denn mit den kleinen Nissen zieht der Zauber der Weihnacht zu Hause ein.

POST

Tom, Lene und der Wichtel im Wohnzimmer

"Sie ist da, sie ist da! Tom, schnell, das musst du dir ansehen!" Lenes helle Stimme schallte durch das ganze Haus. Aber Tom reagierte nicht. "Tom, jetzt komm schon, beeil dich!" Lene klang jetzt nicht nur laut und aufgeregt, sondern auch ungeduldig. Grummelnd zog sich Tom das Kissen über den Kopf. Was seine kleine Schwester wohl wieder hatte. Es war Sonntag – er durfte ausschlafen. Aber Lene ließ ihm keine Chance, diese Neuigkeit konnte sie nicht für sich behalten. Mit energischen Schritten polterte sie die Treppe hinauf, riss die Tür zu Toms Zimmer auf und rief: "Sie ist da, die Wichteltür ist da! Unten, im Wohnzimmer neben dem Sofa!" Lene drückte den Lichtschalter an der Wand und hüpfte vor dem Bett ihres Bruders auf und ab. Sie trug noch ihr Nachthemd, ihre blonden Haare waren zerzaust und ihre Augen strahlten.

Tom nahm das Kissen vom Kopf und blinzelte ins Licht. Er strahlte nicht. Im Gegenteil. Dieses ganze Theater wegen einer Wichteltür! "Lene, was soll das? Warum weckst du mich?" Sein Blick wanderte zum Wecker auf seinem Nachtisch. "Es ist erst 7 Uhr."

Lene war fassungslos. Nicht etwa, weil es noch so früh war. Die Sechsjährige konnte prima die Uhr lesen, aber das war ihr heute Morgen egal. Es war Sonntag, nicht irgendein Sonntag, sondern der 1. Dezember. Und sie, Lene, hatte die Wichteltür im Wohnzimmer zuerst entdeckt. Und ihrem Bruder war das egal? "Aber Tom, du weißt doch, wenn die

Wichteltür da ist, dann ist ein Wichtel eingezogen. Das heißt, es ist bald Weihnachten!" Noch einmal versuchte sie, Tom mit ihrer Begeisterung anzustecken. Ohne Erfolg. Wortlos drehte sie sich um, ging hinaus und knallte die Tür hinter sich zu. Sie sprang die Treppenstufen hinunter. Jetzt musste sie ihren Eltern von der Wichteltür erzählen. Die würden sie sicher verstehen. "Mama, Papa, der Wichtel ist da ..."

Seufzend drehte sich Tom zur Seite. Das Licht im Zimmer hatte Lene angelassen. Nochmal einschlafen, das konnte er vergessen. Tom wusste genau, wovon seine Schwester gesprochen hatte. Mit dem Einzug des Wichtels begann die Weihnachtszeit. Das war schon immer so gewesen. Und noch vor ein oder zwei Jahren hatte er diesem Tag genauso entgegengefiebert wie Lene. Aber jetzt? Tom war zehn Jahre alt. Seit dem Sommer besuchte er schon die fünfte Klasse einer neuen Schule. Natürlich mochte er Weihnachten. Er liebte die gemütlichen Abende mit seiner Familie und natürlich freute er sich über die Geschenke unter dem Weihnachtsbaum. Aber der Wichtelzauber? Musste er daran noch glauben? Viele seiner Freunde jedenfalls taten das nicht mehr. Und auch er war doch jetzt schon zu alt für diese Geschichten, oder?

Doch von nun an konnte Tom der Wichteltür nicht mehr aus dem Wege gehen: Sie war und blieb das entscheidende Thema – dafür sorgte Lene. Um endlich seine Ruhe zu haben, ließ der Junge sich noch am Sonntag nach dem Frühstück überreden, doch wenigstens einmal einen Blick auf die winzige Tür zu werfen. "Schau mal, ist die nicht niedlich?" Andächtig kniete Lene neben dem Sofa und zeigte auf die Wand. Ja, die Tür sah in der Tat putzig aus, das musste Tom sich eingestehen. Laut sagen wollte er dies aber nicht. Das Türchen war blau, ebenso die kleine Leiter, die vom Boden über die Fußleiste hinweg hinaufführte. Selbst der Briefkasten im Miniaturformat war mit blauer Farbe bepinselt, in winzigen weißen Buchstaben stand das Wort "Post" darauf.

"Da hat sich aber wirklich einer viel Mühe gegeben", sagte Tom halblaut vor sich hin.

"Du hast recht, Tom. Da hat sich der Wichtel sehr viel Mühe gegeben." Tom zuckte zusammen, drehte den Kopf zur Seite und blickte ins Gesicht seiner Mutter. Er hatte gar nicht gemerkt, dass sie ins Zimmer gekommen war und nun hinter ihren Kindern kniete. "Natürlich war das der Wichtel, wer soll das denn sonst gewesen sein", mischte Lene sich empört ein. "Wichtel haben magische Fähigkeiten. So einen tollen Eingang zu bauen, das ist für sie doch ein Kinderspiel. Stimmt es, Mama?" "Natürlich, mein Schatz", sagte die Mutter und lächelte.

Und noch jemand lächelte – so sehr, dass sich sein langer weißer Bart bewegte. Doch das konnten die beiden Kinder ebenso wenig sehen wie ihre Mutter. Denn dieser jemand befand sich auf der anderen Seite der Wichteltür ...

In den darauffolgenden Tagen tat sich so einiges in der Ecke neben dem Sofa. Einmal lehnten Schaufel und Besen an der Wand, ein Schlitten parkte vor dem Eingang und sogar ein winziger geschmückter Tannenbaum stand plötzlich dort. Jede noch so kleine Veränderung wurde von Lene mit Begeisterung quittiert. Tom hingegen ließ die Begeisterung seiner Schwester nach außen hin ziemlich kalt. Wichtelzauber – das war doch was für kleine Kinder, nicht für einen Zehnjährigen!

Unbemerkt von seiner "Gastfamilie" beäugte auch der Wichtel das Treiben der Menschen mit großem Interesse. Wann immer er sich sicher fühlte, steckte er seinen Kopf mit der kleinen knubbeligen Nase aus der Tür und horchte auf die Stimmen im Haus. Hinaus aus seiner Wohnung traute er sich jedoch erst, wenn er wirklich alleine war.

Als Tom an diesem Nachmittag von der Schule nach Hause kam, saß Lene auf der Eckbank am Küchentisch und knabberte Kekse. "Mama, hast du gebacken?", rief er seiner Mutter zu, die er im Wohnzimmer rumoren hörte. "Lene isst Kekse, darf ich auch welche?" Die Mutter betrat die Küche. Sie hielt einen Handfeger und ein Kehrblech in der Hand. "Nein, ich habe nicht gebacken." "Und woher hat Lene dann die Kekse?", fragte Tom und zeigte auf das mit

Krümeln verschmierte Gesicht seiner Schwester. Noch ehe die Mutter antworten konnte, hatte Lene den Keksbissen heruntergeschluckt und plapperte los: "Die Kekse standen heute Mittag auf einem Teller in meinem Zimmer. Das war der Wichtel, er hat sie mir gebracht!" Ratlos blickte Tom seine Mutter an. "Das stimmt, Tom. Als ich von der Arbeit nach Hause kam, waren die Kekse schon da. Ich habe sie nicht dorthin gestellt." Sie zeigte den Kindern das Kehrblech, auf dem deutlich ein Häufchen Krümel zu sehen war. "Und die habe ich gerade im Wohnzimmer neben dem Sofa zusammengekehrt." Toms Blick wanderte von seiner Mutter, zum Kehrblech, zu seiner Schwester – und wieder zurück. "Der Wichtel war das? So ein Blödsinn." "Nein, das ist kein Blödsinn", empörte sich Lene. "Der Wichtel macht Menschen gerne eine Freude. Aber nur dann, wenn man an ihn glaubt. Das weißt du doch." "Aber ich glaube nicht mehr daran", entgegnete Tom. Er machte auf dem Absatz kehrt und lief in sein Zimmer. "Eben. Und deshalb hast du auch keine Kekse bekommen", brüllte Lene hinter ihm her.

Nicht an Wichtel glauben?! Wo gab es denn sowas? Das kleine bärtige Männlein hatte in seiner Wohnung die lautstarke Unterhaltung der Familie gespannt verfolgt. Er kratzte sich in seinem Bart und schüttelte dabei letzte Kekskrümel ab, die darin hängengeblieben waren. Er hatte sich beim Backen solche Mühe gegeben! Dann stemmte er beide Hände in die Hüften und schob seinen Bauch so weit nach vorne, dass das rote Wams spannte. Er dachte angestrengt nach. Und: Er hatte eine Idee. Man könnte doch mal ...

In den kommenden Tagen hatte Tom reichlich Gelegenheit, sich zu wundern. Seine Eltern und Lene schienen die Vorweihnachtszeit in vollen Zügen zu genießen. Sie freuten sich über duftende Lebkuchen, die über Nacht in der Keksdose auftauchten, und bestaunten die hübsche Tannengirlande vor dem Eingang, die natürlich auch niemand von ihnen selbst aufgehängt haben wollte. Tom selbst hingegen hatte zunehmend mit unvorhergesehenen Hindernissen zu kämpfen. Fast wäre er eines Morgens zu spät zur Schule gekommen, weil er seinen zweiten Winterstiefel nicht finden konnte. Der tauchte nach ausgiebiger Suche auf unerklärliche Weise in der Badewanne auf. Ein anderes Mal verbrachte er schier unzählige Minuten damit, den Inhalt einer Tüte mit Erdnüssen aus seinem Schulranzen zu entfernen. Und auch, dass sich in seiner Zahnpasta-Tube plötzlich Senf anstelle der Zahncreme widerfand, konnte er nicht lustig finden.

Sein ganzer Groll richtete sich gegen seine Schwester. “Wer sonst sollte mich so ärgern wollen?”, blaffte er sie an. “Das ist nicht wahr”, schimpfte sie zurück: “Es ist der Wichtel, der spielt dir Streiche, damit du endlich an ihn glaubst!” Und auch Mama und Papa hatten keine andere Erklärung.

Tom konnte es nicht fassen. Warum musste denn hier alles auf den Wichtel geschoben werden? Auf der anderen Seite: Wie hätte Lene den Senf in die Zahncremetube hineinbekommen sollen? Und die Erdnüsse im Ranzen? In Toms Kopf ratterte es. Hatte hier tatsächlich ein Wichtel seine Finger im Spiel? Es gab nur eine Möglichkeit, dies herauszufinden: Er musste ihn auf frischer Tat ertappen! Und dazu würde er sich vor der Wichteltür auf die Lauer legen.

Der Wichtel war unterdessen voll und ganz mit seinen Weihnachtsvorbereitungen beschäftigt. Die Lebkuchen waren ihm wieder hervorragend gelungen, fand er. Und auch die Tannengirlande sah prächtig aus. Vor allem aber freute er sich, dass seine kleinen Streiche den Jungen offensichtlich zum Nachdenken anregten. Wer weiß, vielleicht gab Tom dem Weihnachtszauber ja doch noch eine Chance ...

An diesem Abend legte sich Tom zurecht, was er für seinen Plan benötigte. Am wichtigsten war die Taschenlampe. Er konnte schließlich nicht das Licht im Wohnzimmer anknipsen, das wäre sicherlich aufgefallen. Der Zeitpunkt jedenfalls schien günstig. Die Eltern waren zuvor auf einer Adventsfeier bei Nachbarn gewesen und furchtbar müde. Und Lene schlief sowieso immer schnell ein.

Als Tom um 23 Uhr durch das Vibrieren seines Weckers unter dem Kopfkissen geweckt wurde, war er sofort hellwach. Er schaltete den Alarm aus und lauschte angestrengt in die Dunkelheit. Im Haus herrschte Stille. Leise zog er ein paar dicke Socken an, griff die Taschenlampe und schlich vorsichtig auf den Flur und dann die Treppe hinunter. Auf den Stufen musste er achtgeben: Die letzten drei knarrten laut, wenn man zu heftig darauf trat. Aber er schaffte es, fast lautlos bis ins Wohnzimmer zu gelangen. Er schloss sachte die Tür und versuchte sich zu orientieren. Durch die Vorhänge fiel ein wenig Mondlicht in den Raum. Der beste Platz war auf dem Sofa. Wenn er sich flach auf den Bauch legte, konnte er mit dem Kopf über die Seitenlehne lugen und würde keine Bewegung rund um die Wichteltür verpassen. Gesagt, getan: Tom machte es sich so bequem wie möglich und legte sich auf die Lauer.

Er musste eingeschlafen sein. Plötzlich hörte er ein Geräusch. Ein leises Knarren oder Quietschen, als ob eine Tür geöffnet wurde. Angestrengt kniff er die Augen zusammen. Da bewegte sich doch etwas? Ja, wirklich, konnte das sein? Eine winzige Gestalt trat aus der Tür. Schemenhaft erkannte Tom ein Männlein, es sah aus, als hätte es eine Zipfelmütze auf dem Kopf. Der Wichtel, ja, er musste es sein, hielt etwas in der Hand. Aber Tom konnte nicht erkennen, was es war. Er brauchte Licht, unbedingt Licht!

Tom griff nach seiner Taschenlampe. Doch vor lauter Aufregung glitt sie ihm aus seiner Hand und kullerte vom Sofa auf den Boden. Tom erstarrte. Auf einmal herrschte Stille. Dann bewegte sich das Männlein wieder, mit kleinen Schritten kam es genau auf das Sofa zu. Tom wagte nicht, sich zu bewegen. Seine Augen hinter der Armlehne waren auf die kleine Gestalt vor ihm gerichtet. Da hob der Wichtel die Hand, in der er immer noch den Gegenstand hielt. Und jetzt erkannte Tom auch, was es war. Ein kleiner, dürrer Ast, der aussah wie ein Zauberstab! Ein Zauberstab? Tom erschrak. In diesem Moment bereute er sein Vorhaben. Wichtel hatten magische Kräfte, das hatte Lene doch erst kürzlich noch erzählt! Was passierte jetzt? War der Wichtel etwa zornig, weil er ihm nachgeschnüffelt hatte?

Mit langsamen, fast kreisenden Bewegungen hob und senkte der Wichtel den kleinen Stab, dabei sprach er einen leisen Singsang unaufhörlich vor sich hin. Wütend wirkte der kleine Mann eigentlich nicht. Da sprühten aus dem Zauberstab kleine Funken, wie glitzernde Sterne sahen sie aus. Wunderkerzen, es sind Wunderkerzen, wir haben schon Weihnachten, schoss es Tom durch den Kopf. Dann fielen ihm plötzlich die Augen zu.

Der Wichtel ließ den Stab sinken, die Funken verlöschten. Es war wieder dunkel im Raum. Ganz nah trat das Männlein an das Sofa heran und schaute nach oben. Friedlich lag Tom auf dem Sofa und schnarchte leise. Der Wichtel lächelte. Hatte der Junge wirklich geglaubt, er könnte ihn überlisten? Er hatte Tom längst bemerkt, noch bevor der das Wohnzimmer betreten hatte. Dafür hatten Wichtel ein feines Gespür. Mit seinem Zauberstab hatte er Tom in einen magischen Schlaf versetzt. Am nächsten Morgen würde der Junge aufwachen und sich an nichts mehr erinnern. So konnte der Wichtel den Zauber der Weihnacht bewahren, der dank Lene und ihren Eltern so wunderbar Einzug im Haus gehalten hatte. Ansonsten hätte er die Familie verlassen müssen und das wollte er vor allem der kleinen Lene nicht antun. Der Wichtel warf noch einen Blick auf den schlafenden Tom, bevor er rasch wieder hinter seiner Tür verschwand. Dort krempelte er die Ärmel seines roten Mantels hoch und machte sich wieder an die Arbeit. Er hatte noch so einiges vor in dieser Nacht …

“Tom? Was machst du denn hier? Hast du im Wohnzimmer geschlafen?” Verwundert blickte die Mutter auf ihren Sohn. “Hm, wie bitte? Ich weiß nicht”, Tom blinzelte. Er hatte tief und fest geschlafen und einen wunderbaren Traum gehabt. Von Weihnachten und Wunderkerzen. Warum er ausgerechnet hier übernachtet hatte, konnte er sich aber nicht erklären. “Na, komm frühstücken, du Abenteurer”, lachte die Mutter mit Blick auf die Taschenlampe, die auf dem Boden lag.

“Na, hast du deine Meinung über Wichteltüren geändert?”, neckte ihn Lene, als Tom am Küchentisch Platz nahm. “Ich? Wieso?”

“Na, deswegen”, lachte Lene und zeigte auf einen Teller mit herrlich duftenden Keksen, der vor ihm auf dem Tisch stand. Darin lag ein Zettel mit zwei handgeschriebenen Worten: Für Tom. “Jetzt verstehe ich gar nichts mehr”, sagte Tom ratlos - und musste auf einmal selber lachen. “Aber weißt du was, Lene, solange dein Wichtel so leckere Kekse backt, darf er gerne auch in Zukunft immer wiederkommen.”

Wichtel Willibald hat ein Problem

So, das war geschafft! Willibald blickte sich in seiner kleinen Wohnung um. Die Küche war blitzblank, nicht ein Krümel lag noch herum. Und auch in seiner gemütlichen Sitzecke im Wohnzimmer herrschte Ordnung.

Der Wichtel ließ sich auf seinen Lieblingssessel plumpsen und legte seine Füße mit den rot-weiß geringelten Socken auf den kleinen Hocker. Ah, das tut gut, dachte Willibald. Ja, es lag wieder eine lange Nacht hinter ihm, draußen dämmerte es sicher bald. Jetzt, mitten in der Weihnachtszeit, gab es für ihn jede Menge zu tun. Willibald hatte nicht nur jede Menge Spekulatius gebacken und Weihnachtsdekorationen gebastelt. Auch als Postbote war er unterwegs gewesen. Denn Lara, die kleine Tochter der Familie Schmidt, hatte einen Wunschzettel an den Weihnachtsmann geschrieben und vor seine Tür gelegt. Der musste natürlich auch noch schnellstens ausgeliefert werden.

Normalerweise wäre Willibald nach getaner Arbeit jetzt richtig zufrieden mit sich und würde seinen Feierabend mit einem Becher Wichtel-Spezialtee ausklingen lassen. Normalerweise. Doch in diesem Jahr lief nicht alles nach Plan bei Familie Schmidt. "Was mache ich nur, was mache ich nur", sprach der kleine Mann vor sich hin. Er saß in seinem Sessel und runzelte die Stirn. Er hatte ein echtes Problem. Dieses Problem hatte vier Pfoten und hieß Theodor.

Theodor war der Langhaardackel von Familie Schmidt. Ein hübscher, aufgeweckter Welpe und der ganz Stolz der siebenjährigen Lara. Die Tatsache, dass Willibalds Familie einen Hund hatte, war nicht das eigentliche Problem. Es gab viele Familien, die Haustiere besaßen. Nicht nur Hunde, auch Katzen oder sogar sprechende Papageien hatte Willibald schon erlebt. Und immer war er mit den Tieren bestens zurechtgekommen. Um gerade nachts während seiner Arbeit nicht gestört zu werden, hatte Wichtel Willibald immer etwas von seinen Wichtel-Spezialleckerlis in der Manteltasche. Damit konnte er die Tiere wunderbar ablenken, sollten sie zufällig aufwachen. Sogar den nervigen Papagei von Familie Schrebermann hatte er damit schon bestochen. Dieser Schreihals hätte ihn durch sein Gekrächze einmal fast verraten. In letzter Sekunde hatte Willibald ihm ein Leckerli durch das Käfiggitter in den Schnabel gesteckt. Und schon war Ruhe.

Aber beim Dackel der Familie Schmidt war alles anders. Theodor – oder Theo, wie Lara ihren neuen Spielgefährten liebevoll rief – war ein Welpe. Diese Hundebabys hatten einen leichten Schlaf und waren von Natur aus ausgesprochen neugierig. Überall steckte Theodor seine feuchte Dackelnase hinein. Und als Willibald in dieser Nacht seine Wohnung verlassen wollte, steckte Theo genau in diesem Moment seine Nase durch die geöffnete Wichteltür herein. Weil das Dackelbaby so kurze Beine hatte, befand sich die Tür genau auf seiner Höhe. Mit aller Kraft drückte der Wichtel die Tür von innen zu und schob den Riegel vor. Er musste lange warten, bis Theo die Lust verlor und sich in sein Körbchen in der Küche verzog. Als Willibald endlich seine Wohnung verlassen konnte, war er ständig auf der Hut, damit er den Dackel nicht wieder weckte. Das alles hatte viel Zeit gekostet. Und es war nicht das erste Mal gewesen.

Jetzt saß Willibald in seinem Sessel und war erschöpft. Die Wichtel-Spezialleckerlis halfen diesmal nicht. Entweder, Theo nahm sie gar nicht an oder er fraß sie und schnüffelte danach sofort weiter hinter Willibald her. Der Wichtel saß still auf seinem Lieblingsplatz, starrte an die Wand und dachte nach. Plötzlich richtete er sich auf. "Ich glaube, ich hab's", rief er halblaut, hob seine Füße vom Hocker und sprang auf. Er ging zum Bücherregal und fuhr mit seinem runzeligen Zeigefinger langsam an dem Buchrücken entlang. "Ah, da ist es ja", sagte Willibald erfreut und zog ein dickes und offenbar sehr altes Buch heraus. "Die geheime Wichtelapotheke" stand darauf. Willibald nahm das Buch und setzte sich an den Küchentisch. "Verflixt, wo ist denn meine Brille?" Willibald klopfte sämtliche Taschen seines roten Mantels ab – bevor er bemerkte, dass er das kleine, goldene Nasenfahrrad doch längst auf seiner Knubbelnase trug. "Sowas Dummes", ärgerte er sich und begann dann, in dem alten Buch zu blättern.

"Die geheime Wichtelapotheke" war eine Zusammenstellung seltener Kräuter und Pflanzen, die seit Jahrhunderten von Wichtelgeneration zu Wichtelgeneration gepflegt und erweitert wurde. Die hier aufgeführten Pflanzen durften von den Wichteln allerdings nicht sorglos eingesetzt werden, sondern nur dann, wenn es wirklich erforderlich war. Und Dackelwelpe Theodor war ein solcher Fall – da war sich Willibald ganz sicher. Wenn er jede Nacht mit solchen Verzögerungen zu kämpfen hatte, würde der Hund noch die Weihnachtsvorbereitungen gefährden!

Die Pflanzenübersicht war alphabetisch sortiert. Willibald blätterte und blätterte. "Ah, da ist es: Schnarchotopolis!" Laut las Willibald vor: "Schnarchotopolis: Pulver aus den getrockneten Blüten der Schnarchblume. Einsatzgebiete: Haustiere, die sich selbst durch Wichtel-Spezialleckerlis nicht ablenken lassen und dadurch die geheime Arbeit der Wichtel gefährden. Hilft bei Hunden und Katzen, kann aber auch bei Vögeln versucht werden." Willibald seufzte erleichtert. Genau das brauchte er jetzt! Er würde einfach ein besonders schmackhaftes Wichtel-Spezialleckerli für Theobald kreieren und eine kleine Menge Schnarchotopolis mit hineingeben. Der Dackel würde sofort einschlafen und Willibald könnte in Ruhe seine Arbeit erledigen.

Doch Willibalds Freude währte nur kurz. "Schnarchotopolis muss beim externen Wichtel-Kurierdienst bestellt werden", las er laut und klatschte vor Wut mit der rechten Hand auf den Tisch. Externer Wichtel-Kurierdienst! Das bedeutete, er musste wieder irgendwie am Dackel vorbeikommen, denn die Annahmestelle für diesen Kurierdienst befand sich draußen auf dem Dach. Verflixt! Aber es ging nicht anders. Die Zeit drängte. Rasch fertigte Willibald einen Bestellschein für Schnarchotopolis an und schaute auf die Uhr. Es war beinahe halb fünf Uhr morgens. Das wurde knapp! Er rollte den Zettel zusammen, zog seine Stiefel an und schlich zur Tür. Der einfachste Weg führte über den Schornstein des Kamins nach oben und dann aufs Dach.

An der Tür schnaufte Willibald noch einmal tief durch. Mit seinen 102 Jahren war er sicherlich nicht mehr der Jüngste, aber zum alten Eisen zählte er noch lange nicht. Und das würde er jetzt beweisen. Leise öffnete er die

Wichteltür. Gut, dass er die Scharniere so sorgfältig geölt hatte. Kein Laut war zu hören. Der Dackel musste noch in seinem Körbchen sein. Auf Zehenspitzen kletterte Willibald die kleine Leiter hinunter und schlich an seiner Bank vorbei. Nicht einmal diesen Sitzplatz konnte er im Moment benutzen: Immer, wenn er dort platznehmen wollte, kam der Hund vorbei. Doch darüber durfte er sich jetzt nicht ärgern.

Der offene Kamin befand sich auf der anderen Seite seiner Wohnung. Er musste also einmal quer durchs Wohnzimmer laufen. Schritt für Schritt bewegte sich Willibald vorwärts. Das klappte ja viel besser als gedacht!

Unbemerkt gelangte Willibald zum Kamin und kletterte hinein. Der Weg durch den Schornstein war eine ordentliche Plackerei – und nicht nur der schöne rote Mantel, auch Willibald weißer Bart hatten bald schwarze Flecken. Doch das war jetzt egal. Oben angekommen, kletterte der Wichtel aus dem Schornstein und sprang auf den Dachfirst. Hier, direkt am Schornstein, befand sich ein kleiner Briefkasten. "Externer Wichtel-Kurierdienst" stand darauf geschrieben. Willibald warf seine Bestellung ein. "Eilig" hatte er auf dem Bestellschein vermerkt.

Für den Rückweg nahm der Wichtel dieselbe Strecke. Mit Schwung rutschte Willibald innen im Schornstein hinunter und landete mit einem Plumps im Kamin. Vorsichtig kletterte er auf den Boden.

Da hörte er aus der Küche tapsende Geräusche. Oh nein, der Dackel war wachgeworden und lief genau auf ihn zu. Jetzt war Eile geboten! Und draußen wurde es langsam schon hell!

Willibald rannte los – aber nicht den direkten Weg zur Wichteltür, sondern zum Sofa. Darunter konnte er sich verstecken! Puh, geschafft. Willibald rutschte unter das Sofa und keuchte. Das war knapp. Theo hatte sich auf den Boden gelegt und schob seine Nase vor. Mehr konnte er aber nicht ausrichten, unters Sofa passte er nicht.

Willibald war völlig außer Atem. Er schlich zum anderen Ende des Sofas und lugte hervor. Wenn er es schaffte, bis zum Sessel zu laufen, konnte er sich auch dort einen Moment verstecken. Und vom Sessel aus waren es nur noch wenige Wichtelschritte bis zu seiner Tür. Aber der Sessel stand mindestens anderthalb Meter entfernt und er, Willibald, hatte doch so kurze Beine.

Da fiel sein Blick auf eine kleine Kugel, die vor seinen Füßen lag. Eine Murmel! Die musste Lara beim Spielen unters Sofa gerollt sein. Welch ein Glück! Willibald überlegte nicht lange, schnappte sich die Murmel und rollte sie mit Schwung in Richtung Wohnzimmertür. Seine List gelang. Theodor sprang auf und hechtete hinterher. Unterdessen schlüpfte Willibald aus seiner Deckung und spurtete zum Sessel. Geschafft! Der Hund hatte ihn nicht bemerkt, sondern beschnüffelte die Murmel.

Jetzt oder nie, dachte Willibald. Ohne lange zu verschnaufen, verließ er sein Versteck unter dem

Sessel und lief so schnell er konnte zu seiner Wichteltür. Hastig kletterte er die Leiter empor. Fast wäre er noch abgerutscht! Er öffnete seine Tür, schlüpfte in die Wohnung und schlug die Tür hinter sich zu. Gerade noch rechtzeitig. Denn Theodor hatte das Ablenkungsmanöver durchschaut und sprang hinter ihm her. Zu spät.

Willibald lehnte völlig erschöpft an der Tür. Er zog nur noch seine Stiefel aus und ließ sich im Mantel auf sein Bett fallen. Was für eine Nacht!

Der externe Kurierdienst war wirklich schnell. Bereits im Laufe des nächsten Tages landete der Umschlag mit "Schnarchotopolis" in Willibalds Briefkasten. Um ihn zu leeren, passte der Wichtel die Gelegenheit ab, als Lara mit ihrer Mutter und Theodor zu einem Spaziergang aufbrach. Der Wichtel schnappte sich unbemerkt den Umschlag und begann in seiner Küche sofort mit den Vorbereitungen. Keine Nacht wollte er mehr solch ein Theater mit Theodor erleben!

Für Theos Spezialleckerli wählte Willibald besonders feine Zutaten aus: Leberwurst und einen Rest vom Sonntagsbraten: Da konnte Theodor bestimmt nicht widerstehen. Als letztes mischte er etwas Schnarchotopolis darunter. Nicht zu viel – er wollte dem Dackel schließlich nicht schaden, sondern ihn nur aus dem Verkehr ziehen, damit er ihn nicht bei den Weihnachtsvorbereitungen störte. Zum Schluss teilte der Wichtel das Leckerli in kleine Stückchen – für jede Nacht bis Weihnachten eins. "Hoffentlich funktioniert es", sagte er.

Als die nächste Nacht hereinbrach, war es soweit. Willibald legte ein Leckerli-Stück in ein Körbchen und befestigte ein Seil daran. Er wollte es nicht wagen, mit dem Leckerli durch das Haus zu laufen. Das Risiko, von Theodor erwischt zu werden, war ihm zu groß. Stattdessen hatte er vor, den Leckerbissen im Korb von seiner Tür aus auf den Boden herunterlassen. Der Fleischgeruch würde Theo von alleine anlocken.

Leise öffnete Willibald seine Tür. Dann ließ er den Korb mit dem Spezial-Leckerli herunter. Sein Plan ging auf. Es dauerte nicht lange, da kam der Dackel ins Wohnzimmer gelaufen. Zielstrebig folgte er seiner Nase und steuerte auf die Wichteltür zu. Willibald hielt den Atem an. Das Seil hielt er fest in der Hand. Durch den Türspalt beobachtete er, wie Theo das Körbchen beschnüffelte. Es kippte zur Seite, das Leckerli fiel heraus. Mit einem Bissen verschwand es in Theos Maul. Gespannt beobachtete Willibald, was jetzt passierte. Reglos stand der Dackel da. Dann drehte er sich um und ging langsam zu seinem Körbchen zurück. Er schien müde zu sein. Minuten später hörte Willibald ihn schnarchen.

"Puhh!" Willibald war erleichtert. Problem gelöst! Er zog das Körbchen am Seil wieder nach oben und stellte es in die Küche. Morgen würde er es wieder so machen. Er war sicher, dass Dackelwelpe Theodor dem leckeren Wichtel-Spezialleckerli auch dann nicht widerstehen konnte. Und der Wichtel hatte endlich die Chance, sich in Ruhe seinen Weihnachtsvorbereitungen zu widmen!

Eberhard und sein besonderes Talent

"Wichtelwurz und zugenäht! Das kann doch nicht wahr sein!" Missmutig schaute Eberhard auf den Küchenstuhl. Seit einer halben Stunde bohrte, schraubte und klebte der Wichtel daran herum. Und mit welchem Ergebnis? Der Stuhl stand schief und wackelte. Wäre dies sein eigener Stuhl, Eberhard wäre sicherlich auch sauer. Aber es war der Küchenstuhl von Papa Schneider und der Wichtel hatte sich vorgenommen, ihn zu reparieren. Und weil ihm dies einfach nicht gelingen wollte, war sein Ärger noch größer.

Gestern Morgen war Papa Karl Schneider das Missgeschick passiert, als er mit seiner Frau und seinen drei Kindern Lea, Sven und Magdalena beim gemütlichen Adventsfrühstück saß. Ob es daran lag, dass der Familienvater zu viele Kekse gegessen hatte oder daran, dass der Stuhl einfach alt war - das konnte keiner so genau sagen. Jedenfalls machte es auf einmal ganz laut "plumps" und Papa Karl fand sich auf dem Fußboden wieder. Der Stuhl war zusammengebrochen. Erschrocken sprang seine Frau Gaby auf, doch zum Glück hatte sich der Papa nur ordentlich den Popo gestoßen. Ein paar dicke blaue Flecken würde er morgen haben, ernstlich verletzt war er aber nicht. Karl Schneider untersuchte den Stuhl und stellte fest, dass eines der Beine abgebrochen war. Später brachte er ihn in den Keller, wo er den Stuhl in den nächsten Tagen reparieren wollte.

Das war die Gelegenheit für Eberhard. Vor einer Woche war er bei Familie Schneider eingezogen. Seine hübsche

Wichteltür befand sich in der Küche neben der Eckbank, weshalb ihm Papa Karls Missgeschick nicht entgangen war. Als Wichtel wollte und sollte er in "seiner" Familie nicht nur für Weihnachtstimmung sorgen, seine Aufgabe bestand auch darin, die Menschen nach Kräften zu unterstützen und ihnen Freude zu bereiten. Und wenn er, Eberhard, den Stuhl heimlich reparierte, würde sich die Familie mit Sicherheit freuen. Genau, wenn er ihn reparieren konnte – die Betonung lag auf "wenn". Aber das war das Problem. Denn Eberhard hatte beim Bohren, Sägen und Hämmern leider zwei linke Hände.

Ein ungeschickter Wichtel? Ja, richtig. Eberhard war zu seinem Leidwesen handwerklich wenig begabt. Und das bekam er in dieser Nacht wieder einmal zu spüren. Seufzend setzte sich Eberhard auf den Boden und starrte immer noch missmutig auf den schiefen Stuhl. Er hatte extra sein blau-weiß kariertes Arbeitshemd über seinen roten Mantel gezogen. Aber das hatte ihm bei dieser Arbeit auch nicht geholfen.

Eberhard war ein fleißiger Wichtel. Er konnte kochen, backen, basteln, mit Pflanzen umgehen und vor allen Dingen wunderbar malen.

Aber der Umgang mit Hammer und Säge zählte nicht zu seinen Talenten. Sein Lehrer wäre fast daran verzweifelt. Egal, ob die Wichtelschüler ein Regal bauen sollten, eine Schranktür einsetzen oder Bilder aufhängen: Bei Eberhard wollte es einfach nicht klappen. Beinahe hätte er seine Abschlussprüfung nicht bestanden. Weil aber nicht nur sein Wichtellehrer, sondern auch die Wichtel der Prüfungskommission genau wussten, welch ein fleißiger und hilfsbereiter Wichtel Eberhard war, ließen sie ihn trotzdem bestehen. Sie gaben ihm aber einen Rat mit auf den Weg: "Halte dich bei handwerklichen Aufgaben dieser Art möglichst zurück. Nutze stattdessen stets deine vielen anderen Talente, um den Menschen eine Freude zu bereiten."

In den ersten Jahren nach Abschluss der Wichtelprüfung hatte Eberhard sich an diesen Rat gehalten. Aber in seinem kleinen Wichtelherzen war er manchmal doch etwas traurig, dass er mit Hammer und Säge nicht so geschickt war wie die anderen Wichtel. Und als jetzt buchstäblich vor seinen Augen der Stuhl zu Bruch gegangen war, sah er es als ein Zeichen an. Ja, er, Wichtel Eberhard, sollte versuchen, den Stuhl zu reparieren.

Nachdem er jetzt jedoch schon eine ganze Weile vergeblich versucht hatte, das gebrochene Holzbein zu richten, begann er zu zweifeln. "Hätte ich es doch lassen sollen?", fragte Eberhard sich laut. Nein, einen letzten Versuch wollte er noch unternehmen. Er griff nach seinem kleinen Holzhammer und versuchte, dass notdürftig von ihm befestigte Holzbein vorsichtig geradezurücken. Klock,

klock, klock. Der dritte Schlag war einer zu viel. Das kaputte Bein brach wieder komplett ab. Eberhard wischte sich mit seiner kleinen Hand den Schweiß von der Stirn. Nicht einmal sein kariertes Arbeitshemd hatte geholfen. Er hatte versagt.

Traurig verstaute er das Werkzeug in seiner kleinen Holzkiste und rückte den kaputten Küchenstuhl wieder so hin, wie er ihn vorgefunden hatte. Dann würde wenigstens niemand merken, dass jemand daran gearbeitet hatte. Die Werkzeugkiste in der Hand, kletterte Eberhard die Kellertreppe nach oben und verschwand hinter seiner Wichteltür. Er lag noch lange wach und ärgerte sich über sich selbst.

Der Stuhl blieb nicht der einzige Gegenstand, der bei Familie Schneider kaputtgehen sollte. Als Mutter Gaby am nächsten Morgen in der Küche das Schlüsselkästchen an der Wand öffnete, um den Autoschlüssel herauszuholen, hing plötzlich die Tür schief. "Was ist das denn, so ein Pech!" Ärgerlich blickte die Mutter auf den Schlüsselkasten. "Was ist denn los?", rief der Vater aus der Diele. "Unser Schlüsselkasten hat Schieflage", spottete der elfjährige Sven, noch bevor seine Mutter antworten konnte. Karl Schneider betrat die Küche und betrachtete den Schaden. "Lohnt denn da überhaupt noch die Reparatur? So schön ist der alte Kasten doch auch nicht mehr", meinte der Vater.

Eberhard stand unterdessen hinter seiner Wohnungstür und spitzte seine Wichtelohren. Er fand das Gespräch ausgesprochen interessant. Vielleicht hoffte der Vater ja selbst, dass er die kleine Tür nicht reparieren musste, dachte er. "Also noch jemand mit zwei linken Händen", kicherte Eberhard und hielt sich sofort selbst den Mund zu. Er war hier so nah dran an seiner Familie, er durfte sich nicht verraten. Aber nachdem ihm die verpatzte Stuhlreparatur die ganze Nacht so im Magen gelegen hatte, war er doch froh, dass er wieder kichern konnte.

Inzwischen stand die ganze Familie Schneider andächtig um den Schlüsselkasten herum. "Eigentlich hast du recht", sagte die Mama zu Papa Schneider. "Der Schlüsselkasten sieht doch ziemlich farblos und langweilig aus. Ich werde mich in den nächsten Tagen in der Stadt umsehen, ob wir für unsere ganzen Schlüssel nicht ein anderes Kästchen finden – ein hübscheres mit mehr Pep." Ihr Vorschlag stieß auf breite Zustimmung. So nahm der Vater den Holzkasten von der Wand ab und nahm sämtliche Schlüssel heraus. "Ich lege ihn erst einmal unten in den Keller. Vielleicht können wir das Holz ja noch für andere Basteleien verwenden."

Eberhard saß in seiner Küche und schon wieder kroch der Ärger in ihm hoch. Ein kaputtes Schlüsselkästchen – und er konnte wieder nicht helfen, weil er so ungeschickt war. So etwas Blödes, dachte er und stampfte mit seinen kleinen Füßen auf. Er würde den Menschen so gerne helfen und eine Freude machen.

Aber – Moment! Eberhard stutzte. Selbst, wenn er das Kästchen hätte reparieren können: Die Familie wollte es doch sowieso nicht mehr haben, weil sie es zu farblos fanden. Farblos! Etwas klingelte in seinem Wichtelköpfchen. Wenn die Familie es farblos fand, dann war es höchste Zeit, dem kleinen Holzkasten wieder etwas mehr Farbe zu verleihen – mehr Schwung, mehr Pep! Und mit Farbe und Pinsel, damit konnte Eberhard hervorragend umgehen. Der Rat seines alten Wichtellehrers fiel ihm wieder ein: "Nutze stattdessen stets deine vielen anderen Talente, um den Menschen eine Freude zu bereiten."

Jawohl, das war's! Vor Begeisterung konnte Eberhard nicht mehr auf seinem Stuhl sitzenbleiben. Er sprang auf und hüpfte in der Küche von einem Bein aufs andere. Endlich hatte er eine Möglichkeit gefunden, der Familie eine weitere Freude zu bereiten. Und dafür musste er nicht mal zu Hammer und Nägeln greifen. Und hatte er dem Schlüsselkasten erst einmal ein neues Aussehen verpasst, würde der Vater die kleine Tür sicher gerne reparieren und die Familie brauchte auch nicht extra in die Stadt zu fahren, um einen anderen Kasten zu kaufen. Aber Eberhard musste schnell sein.

In der kommenden Nacht schlich der Wichtel wieder in den Keller. Im Hobbyraum lag immer noch der kaputte Stuhl und daneben, auf einem Arbeitstisch, der kleine Schlüsselkasten; die Tür war nur noch an einer Stelle befestigt und hing ganz schief. Er war weiß, passend zur Kücheneinrichtung. Aber die Farbe war schon verblichen und zum Teil abgeblättert. Wirklich schön sah er nicht aus, da hatten die Eltern recht.

Aber das wollte Eberhard jetzt ändern. Zunächst einmal entfernte er vorsichtig die abgeplatzte Farbe. Danach bekam der Schlüsselkasten einen neuen Grundanstrich in Weiß. Sorgfältig glitt Eberhards Hand mit dem Pinsel über das Holz, keine noch so kleine Ecke ließ er aus. Während die Farbe trocknete, überlegte er, wie er dem Kästchen noch mehr Pep verleihen könnte. Es sollte eine echte Augenweide werden. Etwas Weihnachtliches? Nein, der Kasten hing schließlich das ganze Jahr über in der Küche. Und ein Weihnachtsmotiv passte nur zur winterlichen Jahreszeit. Jahreszeit? Genau, das war's! Eberhards Herz hüpfte vor Freude, das war eine tolle Idee! Er würde die Tür des Schlüsselkastens mit vier schönen Motiven bemalen – passend zu jeder Jahreszeit eines. Das würde toll aussehen. Kleine Blumen für das Frühjahr, eine strahlende Sonne für den Sommer, bunte Blätter für den Herbst und ein Schlitten für den Winter!

Mit Feuereifer machte Eberhard sich an die Arbeit. Dank seiner winzigen Pinsel gelangen ihm auch die Feinheiten wunderschön. Als der Morgen graute, packte der Wichtel seine Farben und Pinsel zusammen und betrachtete sein Werk. Er konnte wirklich stolz auf sich sein. Und seine Lehrer hatten recht behalten. Es machte gar nichts, dass er im Umgang mit Säge und Hammer nicht so geschickt war. Hauptsache, er nutzte seine anderen Talente.

Gerade wollte er den Keller verlassen, da fiel ihm etwas ein. Was nur, wenn die Familie den neuen Schlüsselkasten hier unten gar nicht bemerkte? “Dann wäre alles umsonst gewesen”, sagte Eberhard halblaut vor sich hin. Das durfte nicht sein. Er musste die Familie bewegen, auf jeden Fall in den Keller zu kommen. Aber wie? Der Wichtel dachte angestrengt nach.

Na klar! Er rannte die Treppe hinauf und in die Küche. Dort verstaute er als erstes seine Malsachen in seiner Wohnung. Dann kam er wieder heraus und lief in die Diele. Wo hatte der Vater noch die ganzen Schlüssel hingelegt? Er schaute sich um. Dort, auf der Kommode, wo das Telefon stand. Eberhard erklomm den Schrank und sortierte die Schlüssel. Sein Plan: Er musste einen der Schlüssel verschwinden lassen und unten im Keller in das Schränkchen legen. Sobald die Familie den Schlüssel am Morgen benötigte, würde sie ihn suchen. Und wo? Notfalls im Schlüsselkasten, weil sie davon ausgehen mussten, dass er dort vergessen wurde. Dieser Gedanke war genial, dachte Eberhard. Und er war wieder sehr stolz auf sich.

Der Wichtel nahm den Autoschlüssel an sich, kletterte vorsichtig die Kommode hinab und lief zurück in den Keller. Dort legte er den Schlüssel in das frisch bemalte Kästchen. Das musste einfach funktionieren. Eberhard ging zu Bett und stellte sich vorsichtshalber den Wecker. Diesen Augenblick morgen früh wollte er nicht verpassen.

Es kam, wie Eberhard es vorhergesagt hatte. „Karl, wo hast du meinen Autoschlüssel hingelegt? Ich muss los", rief die Mutter am nächsten Morgen. "Auf die Kommode", antwortete der Vater. Er war noch im Bad. "Nein, da ist er nicht!" "Das gibt's doch nicht." Karl Schneider kam aus dem Badezimmer gerannt, im Gesicht klebte noch der Rasierschaum. "Ich schaue mal im Keller nach. Vielleicht liegt er noch im Schlüsselkasten." Für einige Sekunden war es still. Dann hörte man den Vater eilig die Treppe heraufpoltern. „Gaby, Kinder, kommt schnell! Das müsst ihr euch ansehen!" Strahlend hielt der Vater den wunderschön bemalten Holzkasten in den Händen. Die Familie umringte ihn. "Ist der aber toll!" "Wunderschön!" "Cool!" – So reagierten die Kinder. Und auch Mama Gaby war begeistert. "Wer auch immer das war – er hat wirklich ein Händchen für Farbe und Pinsel." Ihr Blick wanderte zur Wichteltür neben der Eckbank. "Einen neuen Schlüsselkasten brauchen wir jedenfalls nicht mehr. Sei so nett, Karl, und reparier die Tür."

Und Wichtel Eberhard? Der lugte durch das kleine Fenster seiner Wichteltür und strahlte über sein runzeliges Gesicht. Jeder hatte besondere Talente, es ging nur darum, sie auch zu nutzen, dachte er.

Der Wichtelschneemann oder: Warum Anton sich einen Schnupfen holte

"Mama, wann schneit es endlich?!" Clara stand seit einer halben Stunde am Wohnzimmerfenster und blickte hinaus. Doch so sehr die Fünfjährige sich auch die Nase an der Scheibe plattdrückte, es wollte einfach keine Flocke vom Himmel fallen. Es war Mitte Dezember und der Himmel an diesem Nachmittag dunkelgrau. Ein kräftiger Wind blies die dicken Wolken vor sich her. Das war kein Winterwetter! Und vor allem keines, das sich zum Schneemannbauen geeignet hätte.

Enttäuscht wandte Clara sich ab und ging in die Küche. "Mama, wann schneit es endlich?", wiederholte sie ihre Frage und blickte vorwurfsvoll ihre Mutter an, die am Tisch mit dem Ausrollen von Plätzchenteig beschäftigt war. "Es ist doch bald Weihnachten und ich konnte noch immer keinen Schneemann bauen." Die Enttäuschung war dem Mädchen ins Gesicht geschrieben. Die Mama legte das Nudelholz beiseite, setzte sich auf einen Stuhl und zog ihre Tochter zu sich auf den Schoß. "Aber Schatz, wir haben leider nicht immer weiße Weihnachten", versuchte sie Clara zu trösten. "Vielleicht schneit es an Silvester oder im neuen Jahr. Auch im Januar kannst du sicher noch einen tollen Schneemann bauen!" Die Mutter wusste, dass sie ihre Tochter nicht trösten konnte. Denn ein Schneemann im Garten: Das war für Clara das Highlight in der Weihnachtszeit. Und Claras Reaktion kam prompt. "Aber der Wetteronkel im Fernsehen hat gesagt, es würde heute schneien! Und wenn der Mann im Fernsehen das sagt, dann muss das auch stimmen."

Trotzig blickte Clara ihre Mutter an. "Du hast recht, mein Schatz, im Wetterbericht haben sie etwas davon gesagt. Daran hatte ich gar nicht mehr gedacht." Die Mutter drehte den Kopf zur Seite und warf einen Blick aus dem Fenster. "Aber im Moment sieht es wirklich noch nicht danach aus."

Clara sprang vom Schoß und lief zurück ins Wohnzimmer. "Ich bleibe jetzt hier so lange sitzen, bis es schneit", rief sie und nahm bockig wieder ihren Platz vor dem Fenster ein. Die Mama wandte sich seufzend ihrem Keksteig zu.

Sie ahnte nicht, dass ihre Unterhaltung einen winzigen Zuhörer gehabt hatte. Anton stand ebenfalls an einem Fenster und lugte vorsichtig durch die weiße Gardine. Sein Fenster befand sich aber nicht im Wohnzimmer, sondern direkt neben der Eingangstür zu seiner Wichtelwohnung – in der Ecke neben dem Küchenschrank. Vor zwei Wochen hatte er seine Wohnung bei Familie Bramstedt bezogen. Es war bereits die zweite Weihnachtszeit, die er hier verbringen durfte. Und er freute sich sehr darüber. Denn die lebhafte kleine Clara war ihm genauso ans Herz gewachsen wie ihre freundlichen Eltern.

Dass Clara jetzt so traurig war, betrübte Anton. Wie hatte sich das Mädchen vor einem Jahr gefreut, als es bereits am ersten Dezemberwochenende mit ihrem Papa im Garten einen Schneemann bauen konnte. Mit Hilfe ihres Vaters bekam der Schneemann sogar einen kleinen Topf als Hut aufgesetzt. Und um den Hals trug er einen blauen Schal. Den hatte die Oma gestrickt. Und jetzt? Schnee konnte er auch als Wichtel mit magischen Fähigkeiten leider nicht herbeizaubern.

Der Nachmittag neigte sich dem Ende zu. Draußen dämmerte es. Und Clara saß immer noch wie angewurzelt am Fenster und blickte hinaus. Doch plötzlich sprang sie auf und quietschte begeistert: "Mami, Mami, komm schnell! Es schneit, es schneit!" Aufgeregt kam Clara in die Küche gerannt und zerrte ihre Mutter am Arm. "Los, komm, das musst du dir ansehen!" Die Mama ließ fast das Backblech mit den Keksen fallen, gab dann aber nach und ließ sich von ihrer Tochter ins Wohnzimmer ziehen. In der Tat: Die Mutter konnte es selbst kaum glauben, aber draußen fielen Flocken vom Himmel – immer mehr und immer mehr. Dazu pfiff ein kalter Wind um die Häuser.

Clara rannte aus dem Zimmer und zog sich ihre dicke Jacke an. "Wo willst du denn hin?", rief die Mutter. "Na, raus, in den Garten, einen Schneemann bauen." "Was jetzt?" Die Mutter schüttelte den Kopf. "Es ist fast dunkel und ganz windig! Du wirst dich erkälten!" "Nein, werde ich nicht", trotzte Clara und schlüpfte in die Stiefel. "Lass sie doch", lachte da der Papa, der gerade zur Haustür hereingekommen war. "Wir wissen ja, wo sie ist. Einschneien wird sie schon nicht. Und wenn sie keine Lust mehr hat, kommt sie sowieso wieder rein." "Wenn du meinst", gab die Mutter nach und ging kopfschüttelnd in die Küche zurück, während Clara, dick eingemummelt, an ihrem Vater vorbei nach draußen lief.

Und der Papa sollte recht behalten. Der Wind blies so heftig, dass Clara kaum etwas sehen konnte. Und kalt war es auch. Nachdem das Mädchen mit viel Mühe die unterste Schneemannkugel gerollt hatte, gab sie auf und kam wieder herein. "Ich mache morgen weiter", rief sie ihren Eltern zu, während sie Stiefel und Jacke an der Tür auszog. Mit rotgefrorener Nase, aber sichtlich zufrieden hüpfte sie in die Küche. "Endlich Schnee!", lachte sie und setzte sich zu ihren Eltern an den Tisch. "Eigentlich wollte ich ja morgen früh nach dem Aufstehen auf meinen fertigen Schneemann schauen. Aber das hat nicht geklappt." "Das macht nichts, morgen bauen wir dann zusammen einen ganz tollen Schneemann", versprach der Papa.

"Morgen? Nein, das ist viel zu spät!" Wichtel Anton stand hinter seinem Fenster und rieb sich vor Freude die Hände. Endlich konnte er Clara ihren großen Wunsch erfüllen! Wenn das Mädchen am nächsten Morgen aus dem Fenster blickte, sollte sie ihren Schneemann sehen. Dafür würde er, Anton, jetzt sorgen, jawohl! Er hatte ja die ganze Nacht Zeit.

Sobald die Familie sich schlafen gelegt hatte, schlich Anton aus seiner Wohnung und hinaus in den Garten. Ob Anton sich das gut überlegt hatte? Der Wind blies immer noch heftig und trieb kleine, eisige Schneeflocken vor sich her. “Brrr, ist das kalt”, stellte Anton fest und zog den Gürtel enger um seinen roten Mantel. Aber wenn er sich jetzt ordentlich ins Zeug legte, würde ihm bald warm werden.

“Hallo Anton, was machst du denn da draußen?” Anton blickte hoch und entdeckte Bernie und Knolle. Die beiden Wichtel kannte er schon seit Kindergartentagen. Sie waren in diesem Jahr bei den Familien in der Doppelhaushälfte nebenan eingezogen. “Ist dir nicht zu kalt? Nicht, dass du noch einschneist”, riefen sie leise vom Nachbarhaus herüber. Aber Anton winkte nur kurz ab. “Ich möchte Clara eine Freude machen”, entgegnete er und machte sich mit seiner kleinen Schaufel an die Arbeit – direkt neben der Stelle, an der Clara bereits den “Bauch” für ihren Schneemann gerollt hatte.

Anton war so vertieft in seine Arbeit, dass er nicht bemerkte, wie sich der Schnee immer dicker auf seinen Mantel und seine rote Mütze legte. Rasch wurde die Schicht so schwer, dass er sich kaum noch bewegen konnte. An seinem Bart bildeten sich erste Eiszapfen. Sollte er nicht doch besser aufhören, überlegte Anton. Doch als er sich entschied, seine Schneemann-Aktion abzubrechen, war es schon zu spät. Er konnte nicht mehr vor und nicht mehr zurück. Er war tatsächlich eingeschneit. Und jetzt? Er dachte angestrengt nach, aber auf die Schnelle wollte ihm keine Lösung einfallen. Anton begann zu frieren, morgen war er bestimmt heftig erkältet.

Der Wichtel wusste nicht, wie lange er mit der Schaufel in den Händen reglos dagestanden hatte, als er unter seiner Schneeschicht plötzlich dumpfe Stimmen hörte. "Anton, wir holen dich raus! Bleib einfach stehen!" Bernie und Knolle, so ein Glück! Anton hörte, wie die beiden diskutierten. Er wusste nicht, was sie vorhatten.

Auf einmal bewegte sich etwas. Die Schneehülle um Anton herum war inzwischen so festgefroren, dass die beiden anderen Wichtel sie rechts und links packen und einfach hochheben konnten. Wie aus einer Kuchenform wurde Anton von der dicken Schneeschicht befreit. "Ich d-d-danke euch, l-l-l-liebe F-F-Freunde." Anton klapperte vor Kälte mit den Zähnen, nachdem Bernie und Knolle es geschafft hatten, die Schneehülle vorsichtig über seinen Kopf zu heben und neben ihm abzustellen. "Was machst du denn für Sachen?" Die beiden Wichtel schüttelten den Kopf. "Geh schnell ins Haus und mach dir einen heißen Tee!" "D-D-D-Das m-m-mache ich", erwiderte Anton, drehte sich um und wollte ins Haus laufen. Dabei fiel sein Blick auf die Schnellhülle, von der seine Freunde ihn befreit hatten. Und er staunte: Diese Hülle sah ja aus wie er! Ein Schneemann in Wichtelform! "Das ist ja genial", trotz seiner misslichen Lage musste Anton lachen – und Bernie und Knolle stimmten mit ein: "Da hast du deine Mission ja doch erfüllt. Der Schneewichtel ist zwar innen hohl, aber das sieht ja keiner!"

Frierend, aber glücklich huschte Anton wieder ins Haus. Und während er es sich mit einer Tasse heißem Wichteltee unter seiner Decke gemütlich machte, dachte er: Morgen früh Clara, habe ich einen dicken Schnupfen, aber du hast deinen Wichtelschneemann! Und das ist die Hauptsache!

Ein Geschenk für
Wichtel Waldemar

“Schau mal, Mama, die sind ja toll!” Fabian kniete vor der großen Vase in der Diele. Wie jedes Jahr in der Weihnachtszeit hatte seine Mutter duftende Tannenzweige in das Tongefäß hineingestellt und mit goldenen Sternen und bunten Kugeln geschmückt. Aber seit heute Morgen sahen die Zweige noch schöner aus als sonst. Und Fabian wusste auch, warum das so war. Fast andächtig nahm der Sechsjährige eine der kleinen Holzfiguren in die Hand. Wobei – Figuren waren das gar nicht, sondern wunderschöne hölzerne Fahrzeuge. Einen Feuerwehrwagen, ein Rennauto und sogar einen Traktor entdeckte Fabian zwischen den Zweigen. Liebevoll geschnitzt und bunt bemalt. Und genau die waren es, die den Jungen so faszinierten.

“Mama”, wandte sich Fabian erneut an seine Mutter, die inzwischen hinter ihm kniete. “Mama, meinst du, der Wichtel weiß, wie gerne ich Autos und Trecker mag und hat sie deshalb für mich gemacht?” Sein Blick wanderte am großen Garderobenschrank vorbei und nach unten. In der Ecke neben dem Schrank blieb sein Blick an der winzigen Tür hängen, die vor wenigen Tagen dort wie aus dem Nichts aufgetaucht war. Auch ein Fenster mit einer karierten Gardine war zu sehen. Und vor der Tür stand eine kleine Bank – mit einem kleinen bunt karierten Kissen. “Da bin ich mir ganz sicher”, lächelte die Mama und nahm ihren Sohn in den Arm, “unser Wichtel ist eben ein ganz besonderer”. “Da hast du recht”, stimmte Fabian zu.

Wichtel Waldemar stand unterdessen hinter seinem Wohnzimmerfenster und hatte die Szene beobachtet. Schmunzelnd schüttelte er den Kopf – so heftig, dass ihm beinahe seine runde Brille von der Nase rutschte. Diese Menschen, dachte er. Selbstverständlich wusste er, was Fabian besonders mochte. "Sonst wäre ich wohl kein guter Wichtel", sagte er laut. Er war zufrieden mit sich. Die Schnitzereien waren sehr zeitaufwendig gewesen. Und auch das Bemalen der Fahrzeuge hatte lange gedauert. Aber wenn der Junge sich jetzt so freute, dann hatte Waldemar alles richtig gemacht.

Während des Frühstücks war Fabian ungewohnt schweigsam. Nachdenklich kaute er auf seinem Brot herum. "Was überlegst du gerade?", fragte der Papa, der genau wusste, dass der Junge grübelte. "Hmm", begann Fabian und schluckte erst einen Bissen hinunter. "Mama hat gesagt, dass der Wichtel mich bestimmt gut leiden mag, sonst hätte er nicht die ganzen tollen Holzsachen geschnitzt. Und wenn der Wichtel mich so gerne mag, dann möchte ich ihm auch eine Freude machen." "Das ist eine tolle Idee. Dann mach das doch", antwortete der Vater. Fabian schien plötzlich bedrückt zu sein. "Aber was kann ich denn schon Tolles machen? Der Wichtel macht alles so gut – das bekomme ich doch gar nicht hin. Ich kann doch gar keine Holzfiguren schnitzen."

"Aber darum geht es doch gar nicht", mischte sich die Mama ein, die gerade in die Küche trat. Sie hatte die Post aus dem Briefkasten geholt und das Gespräch mitangehört. Jetzt setzte sie sich zu ihrem Sohn an den Tisch. "Wenn du jemandem eine Freude bereiten möchtest, dann muss das nicht immer etwas Großartiges sein. Entscheidend ist, was du damit zeigen willst. Das alleine zählt." Fabians Gesicht hellte sich auf. Plötzlich schien er es sehr eilig zu haben. Rasch mümmelte er den Rest seines Butterbrotes auf, sprang vom Stuhl hoch und lief aus der Küche. "Ich bin dann mal in meinem Zimmer", rief er seinen Eltern zu. Papa und Mama hörten nur noch eine Tür knallen und schauten sich verdutzt an.

Eine halbe Stunde war vergangen. Fabian saß in seinem Zimmer auf dem Fußboden. Die gute Laune von eben war verflogen. Um ihn herum lagen zerknülltes Papier, Pappe, Buntstifte, Schere und Kleber. "Was kann ich denn nur machen? Mir fällt einfach nichts ein." Wütend boxte er mit seinen Fäusten auf den Boden. "Was ist mit denn mit dir los?" Die Mutter hatte das Gepolter gehört und kam ins Zimmer. "Ach, Mensch, mir fällt einfach nichts ein. Woher soll ich denn wissen, was dem Wichtel gefällt?"

Einen Moment lang dachte die Mutter nach. Dann schnippte sie mit den Fingern und sagte: "Komm mit, ich habe eine Idee." Sie ging mit ihrem Sohn in die Diele und blieb vor der Wichteltür stehen. "Wir können unseren Wichtel zwar nicht fragen, aber vielleicht hat er uns ja schon einen Tipp gegeben." "Das verstehe ich nicht", sagte Fabian und blickte sie ratlos an. "Schau mal", sagte die Mama und zeigte erst auf die Gardine, dann auf das Kissen. "Offenbar mag unser Wichtel karierte Stoffe. Und er mag es weich, sonst hätte er ja kein Kissen auf die Bank gelegt." Die Mutter blickte ihren Sohn an. "Was meinst du, sollen wir ihm eine karierte Decke schneidern? Dann hat er es immer schön warm!" "Eine tolle Idee!", rief Fabian. "Aber Moment. Ich kann nicht nähen, wie soll das denn gehen?" "Das brauchst du auch nicht. Ich zeige es dir."

Im Schlafzimmer ging Mama zu ihren Nähsachen. Dort bewahrte sie auch Stoffe auf. Hier fand sich ein Rest von Papas altem Flanellhemd, das ihm zu klein geworden war. Es war kariert und ganz dick und weich. Unter Mamas Anleitung schnitt Fabian mit seiner Schere ein rechteckiges Stück heraus – gerade so groß, dass es für seinen Wichtel als Decke dienen konnte. An den Seiten schnitt er kleine Fransen ein – wie er sie an Omas Kuscheldecke gesehen hatte. Als er fertig war, faltete er die Wichteldecke vorsichtig zusammen. “Und was machen wir jetzt damit?”, fragte er. “Die legen wir auf seine Bank, direkt neben sein Kissen. Und wenn sie ihm gefällt, wird er sie sicher mit hineinnehmen.” “Das machen wir!” Fabian strahlte. Ohne großen Aufwand hatte er ein schönes Geschenk für seinen Wichtel gefertigt. Und das war es schließlich, worauf es ankam, hatte die Mama gesagt. Er ging in die Diele und legte die winzige Decke vorsichtig auf die Bank. Vor Aufregung konnte er abends kaum einschlafen. Immer wieder schlich er zurück, um zu gucken, ob die Decke noch da lag. “Das bringt nichts”, lachte die Mama. “Der Wichtel guckt erst, wenn wir schlafen.” Widerwillig ging Fabian wieder zu Bett. Es dauerte noch einige Zeit, bis er endlich eingeschlafen war. Und, während der Junge von seiner tollen Wichtelaktion träumte, saß Wichtel Waldemar gemütlich in seinem Wohnzimmer – eingekuschelt in seine neue, ganz weiche und karierte Decke. Er war zufrieden. Der Junge hatte verstanden, worauf es ankam.

Oskars Weihnachtsabend

Oskar blickte auf den Kalender, der vor ihm auf dem Tisch lag. Es war ein kleiner, dicker Taschenkalender. Auf jeder Seite fand sich Platz für Notizen. Und davon hatte Oskar in den vergangenen Wochen jede Menge eingetragen. Denn als Wichtel hatte er gerade im Dezember sehr viel zu tun. Prüfend blätterte Oskar noch einmal die letzten Seiten durch, dann schlug er das Büchlein zu und lächelte zufrieden. Er hatte es beinahe geschafft. Heute war der 24. Dezember – bis zum Weihnachtsabend blieben nur noch wenige Stunden. Fast alle Aufgaben waren erledigt und die wenigen Arbeiten, die noch ausstanden, konnte er sich auch ohne seinen Kalender merken.

Oskar stand auf, ging zur Wohnungstür und blickte durch das Guckloch nach draußen. Er schaute direkt ins Wohnzimmer von Familie Hartmann. Die elektrischen Kerzen am Tannenbaum leuchteten bereits, das Licht spiegelte sich festlich in den goldenen Kugeln. Den Baum hatte Oskar gestern Nacht geschmückt. Er wusste, dass Familie Hartmann das gerne mochte. "Dann haben wir noch einen Tag länger etwas davon", sagten die Eltern immer. Und die Kinder Conny und Tobi waren selbstverständlich auch dafür.

Oskar beobachtete, wie die fünfjährigen Zwillinge um den Baum herumliefen. "Der ist toll", sagte Tobi. "Nein, noch toller", widersprach Conny. "Na, hoffentlich streiten die beiden nicht gleich wieder", kicherte Oskar. Das taten sie nämlich öfters. Nie lange, aber wenn – dann meist lautstark.

Der Wichtel wandte sich um und ließ den Blick durch seine kleine Wohnung schweifen. Er hatte schon aufgeräumt und seine Sachen zusammengepackt. Denn sobald die Menschen den Weihnachtsabend feierten, würde er ganz still und leise das Haus verlassen und zu seinen Freunden in die Wichtelwelt zurückkehren. Das war jedes Mal ein bisschen schade, fand Oskar. Denn nach mehreren Wochen mit seiner "Gastfamilie" unter einem Dach, wuchsen ihm die Menschen und insbesondere die Kinder sehr ans Herz. Aber so war das nun einmal bei den Wichteln. Und in den Abschied mischte sich stets die Vorfreude aufs nächste Jahr und die Frage, welche Familie er dann wohl besuchen durfte.

Natürlich feierten auch die Wichtel gemeinsam ihr Weihnachtsfest. Aber vielleicht ein kleines bisschen anders als die Menschen, dachte Oskar. Es gab einen riesigen Tannenbaum für alle, geschmückt mit unzähligen Kerzen und selbstgemachten Holzfiguren. Manche Wichtel hängten getrocknete Wurzeln, Zauberpilze oder andere besondere Pflanzen in die Zweige. Es wurde zusammen gegessen, gelacht und getanzt. Jeder Wichtel steuerte etwas zum Festessen bei. Oskar hatte sich für einen süßen Auflauf mit Rosinen und anderen Trockenfrüchten entschieden. Der gelang ihm immer besonders gut. Auch dieses Mal war das so – wie der verführerische Duft aus dem kleinen Korb neben der Wohnungstür verriet. Und natürlich wurde bei der Wichtelweihnacht ganz viel erzählt: von den Menschen, ihren Eigenheiten und was die Wichtel mit "ihren" Familien in den vergangenen Wochen alles erlebt hatten. Gegenseitige Geschenke machten sich die Wichtel nicht. Sie freuten sich einfach, wenn sie nach der anstrengenden Weihnachtszeit gemeinsam feiern konnten.

Oskar blickte auf die große Küchenuhr an der Wand. Die Mittagszeit war vorbei. Conny und Tobi waren bestimmt schon ganz aufgeregt, dachte er. Sobald es dämmerte, musste er nur noch dafür sorgen, dass der Weihnachtsmann unbemerkt ins Haus gelangen konnte, um die Geschenke zu verteilen. Dann war er fertig.

Aus dem Wohnzimmer drangen laute Stimmen bis in Oskars Wohnung. Der Wichtel legte seinen Kopf zur Seite und lauschte. Er hatte richtig getippt: Conny und Tobi konnten es bis zur Bescherung kaum noch aushalten ... Oskar ging zu seinem kleinen Ofen und setze den Wasserkessel auf den Herd. Angesichts der Aufregung draußen, brauchte er jetzt unbedingt einen beruhigenden Wichteltee.

Schließlich war es soweit, die Dämmerung brach herein. Conny und Tobi waren in ihren Zimmern, um sich für diesen besonderen Abend umzuziehen. Oskar hörte, wie die Eltern sich im Badezimmer unterhielten. Das war die Gelegenheit! Oskar huschte ins Wohnzimmer der Familie, kletterte auf das Bücherregal und schnappte sich den Schlüssel, den die Eltern ganz oben drauf versteckt hatten. Dann kletterte er wieder hinunter. Den Schlüssel von innen ins Schloss stecken konnte er nicht – dafür war er zu klein. Aber ein bisschen Magie war schließlich erlaubt. Oskar legte den Schlüssel in seine kleinen Hände und murmelte einen Zauberspruch. Wie von Geisterhand machte sich der Schlüssel daraufhin auf den Weg ins Schloss und versperrte die Tür. "Funktioniert immer, wenn es notwendig ist", kicherte Oskar. Jetzt wurde es höchste Zeit. Auf dem Dach hörte er es schon poltern. "Anfänger. Bestimmt hat der Weihnachtsmann wieder ein paar ganz junge Rentiere dabei", spottete der Wichtel und räumte noch rasch den Sessel vor dem Kamin zur Seite, damit der Weihnachtsmann besser herausklettern konnte.

Und da kam er schon: Das heißt, zuerst plumpste der Sack mit den Geschenken herunter. Dann kündigte ein leises Ächzen den Weihnachtsmann an. Langer Rauschebart, roter Mantel: Er sah tatsächlich so aus, wie ihn die Kinder sich vorstellten. Im Wohnzimmer blickte der Weihnachtsmann sich um, schaute sich den wundervoll geschmückten Baum an und nickte Oskar anerkennend zu. Dann verteilte er die Geschenke unter dem Baum und machte sich unter erneutem Ächzen auf den Rückweg: durch den Kamin hoch und aufs Dach. Es polterte noch einmal kurz, dann hatte der Rentierschlitten wieder abgehoben.

Oskar rückte den Sessel vor den Kamin, zupfte noch die rote Schleife an einem Päckchen gerade und sorgte dann – mit etwas Wichtelmagie – dafür, dass sich die Wohnzimmertür leise entriegelte. Der Schlüssel landete sacht in seinen Händen. Ruckzuck versteckte er ihn wieder auf dem Bücherregal. Es folgte ein letzter prüfender Blick durch den Raum, dann verschwand Oskar hinter seiner Wichteltür. Im Wohnzimmer erklang ein kleines Glöckchen. Die Eltern kündigten die Bescherung an. Oskar sah strahlende Kinderaugen und war glücklich.

Er nahm sein Wichtelgepäck und machte sich auf den Weg nach Hause. Er freute sich: auf seine Freunde, seine Familie und auf das Zusammensein bei seiner Wichtelweihnacht.

Printed in France by Amazon
Brétigny-sur-Orge, FR

15490809R00045